AF381328

JANE AUSTEN

La novela doméstica, entre realismo
y análisis psicológico

Por Julie Pihard
En colaboración con Anne-Sophie Close
Traducido por Laura Bernal Martín

Arte y literatura 50MINUTOS.es

JANE AUSTEN

- **¿Nacimiento?** Nacida el 16 de diciembre de 1775 en Steventon (Gran Bretaña).
- **¿Muerte?** Fallecida el 18 de julio de 1817 en Winchester (Gran Bretaña).
- **¿Contexto?** El romanticismo y el gótico están de moda en una Inglaterra que vive numerosos conflictos con Francia y que teme la llegada inminente de la Revolución Industrial y de sus transformaciones.
- **¿Obras principales?**
  - *Sentido y sensibilidad* (1811)
  - *Orgullo y prejuicio* (1813)
  - *El parque de Mansfield* (1814)
  - *Emma* (1815)
  - *La abadía de Northanger* (1817)
  - *Persuasión* (1818)

Jane Austen se presenta como una mujer sencilla, discreta y aislada que escribe sin pretensión alguna, algo que sin embargo no le impide desplegar en sus obras una habilidad descriptiva y analítica excepcional que no se le reconocerá hasta después de su muerte y que le garantizará la gloria póstuma.

Es posible situar su obra en la misma línea de las novelas sentimentales inglesas de la época, de la misma forma que podemos verla como precursora de la novela realista que verá su explosión durante el siguiente siglo. Pero todavía más cierto resulta afirmar que Jane Austen ofrece su propio enfoque, siguiendo únicamente sus observaciones personales sobre el género humano. Burlándose de las modas literarias y de los acontecimientos de su época, crea con delicadeza y elegancia novelas «domésticas» en las que se dedica a describir de forma justa y calibrada el mundo de la pequeña nobleza terrateniente en la que evoluciona, la *landed gentry*, mezclando extraordinarias descripciones de emociones, de sentimientos y de relaciones humanas y sociales.

Su sobriedad, su encanto y su espíritu convierten sus obras en verdaderas joyas en las que intrigas complejas y perfectamente hilvanadas acogen a una multitud de personajes descritos con gran exactitud, retratos sociales que dejan espacio para el humor e incluso la sátira. Por todos estos motivos, Jane Austen es aún en nuestros días una de las novelistas inglesas más leídas en todo el mundo, y no solo en Gran Bretaña.

CONTEXTO

UN PERIODO DE TRANSFORMACIO- NES Y DE PROBLEMAS

Jane Austen vive bajo el reinado del rey Jorge III (1738-1820), que va de 1760 a 1820 y que se inscribe en un periodo de grandes cambios y de numerosos problemas tanto en Europa como en el resto del mundo.

El fin del siglo XVIII y el inicio del XIX están marcados por varios hechos de importancia para Gran Bretaña, tanto en el plano político como en el socioeconómico, que inauguran una era colmada de evoluciones. En primer lugar, Gran Bretaña pierde sus colonias estadounidenses. A partir de 1763, los colonos estadounidenses responden contra las tasas establecidas por el rey y por el Parlamento para llenar las arcas de Inglaterra, vacías por culpa de la guerra de los Siete Años (1756-1763) que la enfrentó a Francia. Esta revuelta desemboca en 1775 en la guerra de Independencia estadounidense que finaliza en 1783 con el reconocimiento oficial de la independencia de los Estados Unidos de América. La pérdida de estas colonias supone un grave revés para la economía inglesa, pero también para la popularidad del país y para la de Jorge III.

A continuación, este último vuelve a entrar en conflicto con Francia durante las guerras napoleónicas (1803-1815) que acaban en 1815 con la caída de Napoleón I (1769-1821) pero dejan a Europa y, en especial, a Inglaterra, profundamente afectada y transformada. En 1811, Jorge III sufre una alienación mental que le incapacita para reinar, por lo que su hijo, el duque de Gales y futuro Jorge IV (1762-1830) se convierte en regente. Pero el joven príncipe se pierde en el exceso y las deudas, y vacía las arcas del país. Sin embargo, es un gran mecenas y el periodo de su regencia (1811-1820) y de su reinado (1820-1830) se caracteriza por una importante efervescencia artística e intelectual. A pesar de que Jane Austen no le aprecia en absoluto debido a su falta de autodominio y a su complacencia, le dedica una versión de su novela *Emma*, muy admirada por el monarca.

Además de los desórdenes políticos provocados

por las distintas guerras, estas traen consigo una gran miseria. El pueblo cada vez tiene que pagar más impuestos, el trabajo escasea y las revueltas sociales se multiplican. También en esta época comienza la Revolución Industrial, con sus numerosas consecuencias socioeconómicas: creación de industrias, nacimiento del capitalismo, aparición de una clase obrera, etc. Con todo, y aunque la autora haga de este periodo el escenario de todas sus novelas, los grandes acontecimientos —ya sean políticos, sociales o económicos— afectan poco a su obra. En realidad, los pequeños pueblos como aquel en el que Jane Austen pasa su vida están aislados y alejados de las grandes ciudades y de sus transformaciones.

LA VIDA ORDENADA DE LA *GENTRY* RURAL

Jane Austen hace muy poca referencia a las transformaciones de su tiempo; en cambio se inspira en gran medida en la vida de la *gentry* rural inglesa de finales del siglo XVIII. Sus actividades cotidianas, sus usos y costumbres, sus alegrías y sus penas, sus amores y sus discordias construyen su material de base.

En la época de la autora, la jerarquía social es estricta y está muy anclada en las costumbres: es necesario comportarse respetando las convenciones de tu rango y de tu título. Los miembros de la nobleza rural, en concreto, son personas cultivadas y bien educadas, que viven con comodidad sin ser necesariamente ricas: se trata de rentistas que obtienen sus ingresos de sus tierras. Por tanto, estos pequeños nobles pueden permitirse algunos momentos de ocio, casi siempre definidos por las relaciones que mantienen con su entorno y sus vecinos. Juntos organizan veladas nocturnas, bailes, torneos de cartas, cenas o incluso partidas de caza, todas ellas reflejadas en la obras de Austen.

Pero todo esto —y la propia vida de la escritora— refleja también el estatus de las mujeres en la sociedad de la época. Las que pertenecen a familias acomodadas son educadas y profundamente cultas, como el resto de personas de su rango. Además, se valoran en función de su nivel de «culminación» y de su propensión a poder pretender a un (buen) matrimonio, que depende de su belleza, por supuesto, pero también de sus talentos, múltiples y desarrollados en mayor o menor medida. Sin embargo, el derecho inglés no las considera personas independientes y, por tanto, durante toda su existencia están ligadas a un hombre (un padre, un marido o un hermano) que garantiza su bienestar material y su seguridad financiera. En efecto, casi nunca heredan un dominio, puesto que este privilegio normalmente le está reservado a un hermano, un primo o un tío, y las profesiones a las que pueden optar son prácticamente inexistentes y se resumen principalmente a los papeles de institutriz o de maestra. Por lo tanto, a una joven de la *gentry* de la época le es casi imposible disfrutar de un estatus jurídico y financiero propio. Jane Austen, que ejerce una de las pocas actividades compatibles con su condición de mujer, se hace muchas preguntas sobre el matrimonio y la condición femenina, que son temas recurrentes en su obra.

BIOGRAFÍA

UNA BIOGRAFÍA MUY BREVE

| Retrato de Jane Austen que aparece en la obra *Recuerdos de Jane Austen* (1870) de James Edward Austen-Leigh.

Los datos sobre la vida de Jane Austen son escasos. Como vive relativamente retirada y aislada, mantiene pocas relaciones con el exterior, y estas se resumen en su mayoría en contactos con parientes cercanos. Además, su hermana y confidente Cassandra Elizabeth (1773-1845) quema una parte de su (vasta) correspondencia. Los principales datos sobre su persona nos llegan a través de su hermano Henry (1771-1850), que le dedica un prefacio biográfico, y su sobrino James Edward Austen-Leigh (1798-1874), que es por su parte autor de una biografía completa, *Recuerdos de Jane Austen* (1870).

La escritora nace el 16 de diciembre de 1775 en el presbiterio de Steventon, en Hampshire. Su padre, William George Austen (1731-1805) es un pastor anglicano acomodado que pertenece a la pequeña nobleza rural. Está casado con una mujer de su condición, Cassandra Leigh (1739-1827), con la que tiene ocho hijos: James (1765-1819), George (1766-1838), Edward (1767-1852), Henry, Cassandra Elizabeth, Frank (1774-1865), Jane y Charles (1779-1852). Sus hijos se van muy pronto de casa: James comienza una carrera eclesiástica, Charles y Frank entran en la Marina, y Henry se hace banquero (más tarde será agente literario de Jane Austen, introduciéndola en círculos londinenses muy cerrados). Edward, por su parte, es adoptado por un primo, mientras que George, que tiene una discapacidad mental, es confiado a otra familia. En la casa, enseguida no quedan más que las dos hijas de la pareja.

UNA SÓLIDA EDUCACIÓN

A partir de 1782, Cassandra y Jane Austen son enviadas a un internado (a Oxford, Southampton y Reading) con el objetivo de perfeccionar su educación, pero deben regresar a casa en 1786 porque sus padres ya no pueden asumir esa carga financiera. Entonces, es su padre quien se encarga en gran parte de su educación, dotándolas de un grado de instrucción poco común para chicas de su edad y de su condición. Sobre todo insta a Jane a leer a los autores presentes en su vasta biblioteca personal, como Samuel Richardson (1689-1761), Henry Fielding (1707-1754), Laurence Sterne (1713-1768) o Walter Scott (1771-1832), lo que influirá en los gustos literarios de la futura autora. Esta, que evoluciona en un entorno culto, participa además de manera regular en obras de teatro organizadas por sus seres cercanos, que le permiten desarrollar su amor por la comedia y la sátira.

| Supuesto retrato de Jane Austen en 1789, de Ozias Humphry.

Asimismo, comienza a escribir muy joven: a partir de 1787, parece que agrupa en un cuaderno de escritura obras burlescas, poemas y relatos epistolares que escribe para divertir a su familia, sobre todo a sus sobrinos y sobrinas. De estas obras de su juventud, escritas entre 1787 y 1793, veintisiete han sido reagrupadas y hoy en día se conocen bajo el título de *Juvenilia*.

y temáticos que supondrán más adelante el éxito de las principales novelas de Austen: descripción de la realidad, humor incisivo, estilo elegante, etc.

LOS PRIMEROS ESBOZOS

Al tiempo que lleva la vida que se espera de una joven de su condición —perfecciona sus talentos (los idiomas, el piano, la danza, la costura y, evidentemente, la lectura), ayuda en las tareas de la casa, acude a la iglesia y visita a los vecinos— Jane Austen produce obras cada vez más elaboradas, y parece que está decidida a vivir de su pluma. Así, entre 1793 y 1795, compone un corto relato epistolar llamado *Lady Susan*, y después intenta escribir una novela en prosa, *Elinor y Marianne*, que es el borrador de uno de sus grandes éxitos, *Sentido y sensibilidad*. En esta época conoce a un hombre, pero ambos saben que el matrimonio es imposible por falta de dinero y sus respectivas familias los alejan rápidamente.

En 1796, Jane Austen comienza *Primeras impresiones*, el borrador de *Orgullo y prejuicio*, que es rechazado por un editor, y retoca *Elinor y Marianne*.

A continuación redacta *Susan*, el borrador de *La abadía de Northanger*, que es comprado por una cantidad irrisoria por un editor londinense que finalmente no hace nada con ella. Mientras tanto, la joven autora comienza *Los Watson*, pero parece que, poco después, deja de escribir durante una decena de años.

En 1801, su familia se instala en Bath, una ciudad que Jane Austen detesta. En esa misma época, esta acepta y después rompe su compromiso con un gentilhombre de la zona. Cuatro años más tarde, su padre fallece repentinamente tras una enfermedad, dejando a su viuda y a sus dos hijas no casadas en una pésima situación económica. Entonces, las tres mujeres se mudan a Southampton y casi nunca mantienen relaciones sociales, limitándose casi siempre a otras mujeres de su condición. En 1809 finalmente se establecen en casa de Edward, el hermano de la escritora, en Chawton. En ese momento, Jane Austen comienza a publicar sus obras de forma anónima.

LA ÉPOCA DEL ÉXITO

Sentido y sensibilidad en 1811, *Orgullo y prejuicio*

en 1813, *El parque de Mansfield* en 1814, *Emma* en 1815: Jane Austen publica un libro tras otro, y los ingresos que obtiene le permiten satisfacer sus necesidades. Un tiempo después de la publicación de *Emma*, vuelve a comprar los derechos de *Susan* a su editor de origen, pero no publica la novela directamente. También se lanza a la escritura de otros textos, como *Persuasión* (acabada en 1816, pero que no aparecerá hasta después de su muerte en 1818), que es sin duda alguna su novela más autobiográfica, y *La abadía de Northanger* (1817). Durante los seis meses precedentes a su muerte inicia una última obra, al principio llamada *Los hermanos*, pero que se publicará en fragmentos con el título *Sanditon* (1925).

Como no tiene un despacho a su disposición, Jane Austen redacta sus novelas en medio de la bulliciosa actividad de la casa familiar. Vigila de cerca que nadie, a parte de sus seres cercanos, esté al corriente de su actividad de escritora. Esto no le impide conocer el éxito y ser reconocida por autores prestigiosos como Samuel Coleridge (1772-1834) o Walter Scott, que publica una crítica llena de elogios de *Emma* en *The Quarterly*

Review. Sin embargo, habrá que esperar hasta los años 1870 para que sea presentada al gran público por su sobrino y para que se publiquen biografías y críticas sobre ella.

A parte de algunas mudanzas y de algunas estancias escasas lejos de su casa (en Londres, por ejemplo), Jane Austen lleva una existencia monótona, hogareña y desprovista de ambición, contentándose con observar lo que le rodea y sacar de ello material ilimitado para sus novelas.

UNA MUERTE PRECOZ

En 1816, parece que la autora —que ya sufría de una forma de tuberculosis— contrae la enfermedad de Addison (algunos dicen que podría haber padecido la enfermedad de Hodgkin). Aunque en un primer tiempo sigue escribiendo y publicando sus obras, se ve obligada a dejar su actividad literaria a inicios de 1817. Como su estado se deteriora rápidamente, se va a Winchester con su hermana Cassandra y su hermano Henry para recibir tratamiento médico. Muere unos meses más tarde, el 18 de julio de 1817, y es enterrada en la catedral de la ciudad.

Tras la muerte de su hermana, Cassandra y Henry se ocupan de la doble publicación de *Persuasión* y de *La abadía de Northanger* y aprovechan para desvelar el verdadero nombre de la autora. Desde entonces, las obras de Jane Austen se han reeditado constantemente y disfrutan de un renombre internacional. Existen un sinfín de adaptaciones, tanto literarias como cinematográficas, y tanto el público como la crítica no se cansan de admirar el trabajo de esta modesta burguesa rural que probablemente nunca imaginó que un día su obra ocuparía un lugar tan importante en el patrimonio literario mundial.

CARACTERÍSTICAS

UNA AUTORA MÁS ALLÁ DE LAS MODAS

La época georgiana conoce, en el plano artístico, una profusión que concierne a todos los ámbitos, de la pintura a la arquitectura, pasando evidentemente por la literatura. En efecto, es en este periodo en el que aparecen escritores talentosos como Samuel Johnson (1709-1784), William Wordsworth (1770-1850), John Keats (1795-1821) y Lord Byron (1788-1824). Esta época también ve cómo en Inglaterra se desarrolla la educación femenina, lo que explica sin duda el aumento del número de obras literarias escritas por mujeres: por ejemplo, podemos citar a Fanny Burney (1752-1840), Ann Radcliffe (1764-1823), Maria Edgeworth (1767-1849), Mary Shelley (1797-1851) y, por supuesto, Jane Austen.

A finales del siglo XVIII, los movimientos romántico y gótico están de moda: el primero le da importancia a una sensibilidad exacerbada, a la introspección y a los temas universales de la muerte, del destino o del mal, mientras que el segundo pone en escena el sentimentalismo, lo macabro y el horror de manera muy estereotipada. Pero, de la misma manera que Austen ignora casi por completo el contexto histórico-político de su época, resulta que no tiene en cuenta en absoluto las modas literarias. En vez de inscribirse en una de estas dos líneas, se burla de ellas, las parodia y crea su propio estilo, su «marca». A través de su ironía, prefigura sus preguntas morales y su retrato auténtico de la vida cotidiana, la literatura realista que proliferará un siglo más tarde. Además, algunos ven en ella a una simbolista —cada elemento de sus historias (relaciones sociales y familiares, acontecimientos importantes, eventos, etc.) se correspondería con un significado oculto—, pero no todos los especialistas están de acuerdo a este respecto.

Sin embargo, aunque su obra no está guiada por los principios de una corriente en particular, algunos actores parecen haber influido a la escritora. Así, la obra de Burney le inspira probablemente en sus temáticas femeninas e incluso feministas, como lo hace la de Charlotte Lennox

(1730-1804) en su tono extravagante, burlesco y humorístico. Además, muchos consideran que su estilo está especialmente alimentado por sus lecturas de Johnson, que le habría transmitido su serenidad y su estilo mordaz, por Fielding, del que vendría su amor por la parodia y la sátira, y finalmente de Richardson, al que las referencias en la obra de Austen son numerosas, tanto en el plano de la trama como en las figuras seductoras o simplemente en los nombres de los personajes y de los lugares.

TEMAS «DOMÉSTICOS»

Jane Austen prueba varios tipos de producciones artísticas, pero es ante todo una autora de novelas realistas, a menudo largas y complejas, que se distinguen de los romances, relatos más misteriosos e imaginarios.

Más allá de esta orientación genérica, las obras de Jane Austen también tienen la particularidad de basarse en su propia experiencia y en sus observaciones personales del ambiente de la *landed gentry* a la que pertenece. También se esfuerza, en primer lugar, por describir la vida social de su época. Incluso si sus heroínas proceden siempre de la nobleza rural, como ella misma, la autora también evoca al resto de clases y las relaciones que existen entre ellas. También se interesa de cerca por la vida cotidiana de sus personajes, abordando a veces detalles muy precisos sobre sus actividades cotidianas, lo que confiere a sus obras una autenticidad nunca vista.

Sus novelas, que casi parecen estudios costumbristas, se han llamado a menudo «domésticas»: Austen repasa el día a día, incluso el más modesto, con la mirada y con la pluma, centrándose en entornos restringidos (limitados a tres o cuatro familias que viven en el campo) para analizar a cada uno de sus actores con gran precisión. De esa forma, sus personajes están dotados de una verdadera profundidad —la novelista es además considerada una maestra en el arte de describir los rasgos psicológicos y los sentimientos.

Pero existe en su obra una cierta tensión entre la observación de la realidad y el análisis de los impulsos sentimentales: por una parte, la autora describe con exactitud y autenticidad los detalles de la vida diaria; por la otra, analiza de forma detallada y minuciosa las interacciones entre los personajes, sus pensamientos y sus incomprensiones, adoptando así un enfoque subjetivo. Los héroes —o más bien heroínas— ocupan un lugar central en este análisis. La autora nunca se apoya en estereotipos o en modelos preexistentes para construir sus personajes: cada uno tiene una individualidad y una historia que le son propias, empezando por las mujeres jóvenes, dotadas generalmente de carácter y de ingenio, y cuyo proceso de madurez cuenta Jane Austen. A medida que la historia avanza, estas descubren sus puntos fuertes y débiles a través de sus distintas experiencias. En la mayoría de los casos, esta iniciación engendra la caída de su ideal y de sus ilusiones románticas, y después su vuelta a la realidad, a la armonía y a la cordura.

La escritora aborda además la cuestión de la condición femenina y de la dependencia de las mujeres con respecto al género masculino y al matrimonio, un tema que le gusta especialmente. De manera más discreta, Austen evoca también temas morales, por ejemplo, hablando sobre el arte de comportarse correctamente (con amabilidad, cordura, autodominio y honorabilidad) al tiempo que pone en cuestión asuntos más específicos y más importantes (sobre todo sobre el tema de la esclavitud).

El enfoque sobre la mujer aún es muy poco común en esa época: los artistas y los escritores le ofrecen un espacio generalmente muy limitado al género femenino, que se considera inferior. Las novelas de Jane Austen, estructuradas entorno a una heroína y que se interesan de cerca por su vida y sus sentimientos, que además son escritos por una mujer que no duda en dar su punto de vista sobre la condición femenina, son por tanto una excepción en el paisaje literario de principios del siglo XIX.

UN ESTILO AUTÉNTICO, SOBRIO Y SATÍRICO

La descripción de la realidad implica un estilo auténtico. Con este objetivo, Austen recorta sus novelas en escenas, como en el teatro, y emplea mucho el discurso directo, llenando sus obras de numerosos diálogos, así como el discurso indirecto libre. Este tipo de discurso, introducido en la literatura inglesa por Fanny Burney, se caracteriza por la ausencia del verbo de comunicación introductor (decir, pensar, hablar, preguntar, etc.) y está a caballo entre el estilo directo y el indirecto. Crea una cierta vivacidad y una fluidez en el relato que casan bien con el objetivo de Austen. Su efecto también es el de confundir las voces del narrador y de los personajes, acercándolos de esta forma al lector.

El tono de la autora es generalmente ligero y cómico, ya que considera que una novela no solo debe educar, sino también divertir al lector. Además, su observación de la sociedad se realiza con inteligencia, indiferencia y sobriedad: es una escritora equilibrada y moderada a la que no le gusta ni el desorden ni la exuberancia. Por consiguiente, elige una escritura elegante al tiempo que precisa, entre sensibilidad razonable y sutileza a la hora de destacar el detalle.

Sin embargo, su producción se ve matizada por un resquicio de malicia y de ironía, que encontramos en todas sus novelas. Jane Austen tiene algo de mordaz: sus análisis psicológicos y sociales atestiguan una gran lucidez y dejan entrever mucho humor; sus diálogos, a menudo contundentes, no dudan a la hora de emplear la ironía. Así, se entrega a una viva crítica de los clichés y de la mediocridad, cayendo regularmente en la sátira. También escribe más de una parodia, exagerando hasta ridiculizar los rasgos de las literaturas que juzga poco instructivas. Por ejemplo, en *La abadía de Northanger* parodia de forma evidente las novelas góticas de Ann Radcliffe y, ya muy pronto, en *Amor y amistad* se burla de la novela epistolar y sentimental.

OBRAS SELECCIONADAS

LA ABADÍA DE NORTHANGER

Redactada a partir de 1797 bajo el nombre de *Susan* y vendida en 1803 a un editor que nunca la llegará a publicar, esta novela se titulará finalmente *La abadía de Northanger*. La autora vuelve a comprar los derechos en 1816, pero la obra no aparece hasta 1818 de forma póstuma y a la vez que *Persuasión*, bajo el impuso de Henry y Cassandra Austen. En el prefacio de la obra, el primero redacta una nota biográfica que, todavía hoy en día, es una de las pocas fuentes que tenemos sobre la vida de Jane Austen. También en esta reseña revela el verdadero nombre de la autora. La obra se traduce al francés en 1824, pero no se traducirá al español hasta 1921.

En esta novela, la trama gira entorno a Catherine Morland, una joven devota e ingenua, gran amante de las novelas góticas (sobre todo de las de Ann Radcliffe). A medida que avanza en sus lecturas, se hunde en la ilusión hasta al punto de confundir ficción con realidad. Cuando pasa algunos días en casa del padre de su amado, Henry, ella cree que su anfitrión es culpable de horribles crímenes y acaba siendo expulsada. Por suerte, Henry se da cuenta de que algo no va bien y la trae de vuelta a la realidad. Entonces es perdonada, rehabilitada en la casa y finalmente se promete con Henry.

Aunque aparece tardíamente, *La abadía de Northanger* queda muy por detrás de obras como *Emma*. Comenzada demasiado pronto y apenas retocada, no cuenta con la misma profundidad que el resto de novelas de Jane Austen: los personajes están menos estudiados y el análisis de su psicología es mucho menos profundo. Catherine es una heroína buena e íntegra, pero son su credulidad y su ignorancia las que se destacan, lo que la convierte en un personaje débil cuyo punto de vista no sirve para hacer que una novela entera se mantenga en pie.

Entre otras cosas, es por esto por lo que, en esta obra, Austen utiliza menos su discurso indirecto libre y emplea más el estilo directo. No obstante, esta elección también se debe al hecho de que la joven novelista sigue en busca de su marca cuando comienza la obra. Su falta de madurez literaria también queda reflejada en lo excesivo de su crítica a las pasiones románticas y en sus parodias de las novelas góticas. De hecho, Jane Austen emplea ilimitadamente su don para la ironía y la parodia. Se burla de las convenciones góticas a través de los melodramas y aprovecha para dotar a su obra de una moral explícita. Los sentimientos exacerbados que se desarrollan en este tipo de novelas exasperan especialmente a la joven escritora, que es modelo de buen juicio y de serenidad. Entonces, su pluma se vuelve sarcástica y menos fina que antes, lo que le hace perder el equilibrio.

SENTIDO Y SENSIBILIDAD

Sentido y sensibilidad (cuyo título original es *Sense and Sensibility*) se escribe, o más bien se esboza, en 1797 bajo el título de *Elinor y Marianne* (que sin duda alguna era una novela epistolar), y se retoca posteriormente en 1809 en vista de su publicación. Esta tiene lugar en el anonimato en 1811 y, mientras que la novela se traduce al francés ya en 1815, no verá la luz en español hasta el año 1942.

Pone en escena a dos heroínas de personalidades opuestas: mientras que Elinor es una joven inteligente, un verdadero modelo de paciencia, autocontrol y moderación, su hermana Marianne es una romántica impertinente dotada de una gran sensibilidad. La primera esconde sus sentimientos por Edward Ferras, pero la segunda aparece en público sin pudor con John Willoughby, un joven seductor carente de moral. Juntas, experimentan sus primeras emociones amorosas cuando se enteran de que sus amados están prometidos con otras mujeres. Entonces, Marianne se hunde en la pena y cae enferma. Por suerte, acaba casándose con un pretendiente honesto que lleva mucho tiempo cortejándola. Elinor, por su parte, aguanta con dignidad y al final Edward le pide la mano. Este, desheredado, ha sido rechazado por una prometida a la que ya no quería.

| Ilustración de Chris Hammond de 1899 para la edición inglesa de *Sentido y sensibilidad* de la editorial londinense George Allen que representa a Marianne presa de una profunda aflicción.

Aparte de los temas recurrentes del matrimonio

y de la dependencia femenina al hombre desde un punto de vista financiero (tanto las hermanas como su madre son desheredadas tras la muerte del padre), el tema principal de esta novela se evoca en el título: ¿qué privilegiar, la razón o los sentimientos? Esta obra tiene una función claramente educativa, puesto que la autora intenta demostrar argumentando de manera lógica que no es sano complacerse con las ilusiones románticas y la sensibilidad, que representan un peligro (ilustrado sobre todo por la enfermedad de Marianne), y que es preferible mantener los pies en el suelo. Así, la historia muestra la evolución y la toma de conciencia de una de las dos heroínas que, aunque al principio se muestra apasionada y excesiva, se da cuenta de que su felicidad solo puede obtenerse volviendo a la razón. Sin embargo, a pesar de su carácter moralista, el relato sigue siendo agradable y placentero gracias a sus personajes, realistas y convincentes, a su estilo, sutil y elegante, y a su tono, irónico y mordaz. Así es como Jane Austen alcanza un profundo equilibrio y pone en escena uno de sus adagios, que desea que la literatura no tenga como único objetivo la instrucción sino también el entretenimiento.

Por otra parte, a través de la figura de Marianne, sobre todo, Austen se libra a una violenta sátira de la novela sentimental y de las ideologías románticas, denunciando casi abiertamente los clichés de la primera (sentimentalismo, destinos melodramáticos, personajes misteriosos y secretos, amantes transidos, etc.) y los excesos de las segundas (pasiones devoradoras, grandes ideales, sensibilidad exacerbada, violencia de los sentimientos, personajes exuberantes y atormentados, etc.).

ORGULLO Y PREJUICIO

Jane Austen comienza *Orgullo y prejuicio* en 1796 con el título de *First Impressions* (*Primeras impresiones*), pero al año siguiente una editorial rechaza la novela. Entonces, la abandona por un tiempo y no vuelve a trabajar sobre ella hasta poco antes de su publicación, en 1813, de nuevo desde el anonimato. Se traduce ese mismo año al francés, aunque no lo hará al español hasta 1924. A día de hoy, es una de sus obras más populares.

En Hertfordshire, la exuberante señora Bennet está decidida a casar a sus cinco hijas. Charles Bingley, un joven rico y seductor, acaba de alquilar una propiedad vecina y enseguida se le considera un buen partido. Aunque se enamora rápidamente de la mayor de las hijas Bennet, Jane, sus hermanas y su buen amigo Fitzwilliam Darcy le desaniman y le alejan de ella. Sin embargo, mientras tanto, Darcy se queda prendado de la más joven, Elizabeth Bennet, una chica vivaz con un carácter mordaz. Acaba pidiéndole la mano pero, ante el orgullo que muestra, Elizabeth le rechaza. Más tarde, salvará el honor de su familia y demostrará así que ha cambiado, y Elizabeth acabará aceptando casarse con él, de la misma manera que Jane aceptará la mano de Bingley, que vuelve para recuperarla.

Se trata de una de las pocas novelas de Jane Austen que no acaban en decepción y desilusión para la heroína. Elizabeth, despierta y dotada de un cierto sentido de la ironía, recuerda a la propia autora. En esta novela, una vez más, no es la sucesión de acontecimientos lo que importa, sino más bien el análisis de los caracteres, de las emociones y de las relaciones. La sátira y la ironía permiten a Austen poner de relieve las vicisitudes y los defectos de todos al mismo tiempo que se muestra indulgente.

Además, una vez más, la sobriedad de su pluma y el realismo de sus descripciones (no solo de los sentimientos sino también de la vida diaria de la *gentry* rural de la época) son remarcables. Describe con sutileza la forma de vida de la pequeña nobleza inglesa de este fin de siglo, llena de ritos, de hábitos y de costumbres que se observan desde un punto de vista crítico. La trama gira principalmente entorno al matrimonio y al dinero (es nuevamente un problema de herencia el que oscurece el futuro de las hermanas Bennet). La autora denuncia aquí el amor por interés, que aporta una visión definitivamente femenina y feminista sobre esta tradición. También se interroga a través de la figura de Elizabeth acerca de la legitimidad de los librepensadores y de los «rebeldes» en un mundo plagado de convenciones y de prejuicios.

Para satisfacer esta trama ante todo psicológica, el tratamiento de los personajes debe ser excepcional. Así es como, además de la delicadeza y de la fuerza de espíritu de los cuatro protagonistas principales, el lector se encuentra ante una multitud de personajes secundarios esbozados con rapidez y precisión. Los personajes cómicos (el pastor Collins o Mrs. Bennet), sobre todo, son inolvidables debido a su simpleza y a su exuberancia.

EMMA

Emma es una obra más tardía. Escrita a partir de 1814, se publica en 1815 (de manera anónima) antes de ser traducida al francés al año siguiente. La traducción al español no verá la luz hasta 1945. Esta obra es considerada la obra maestra de la autora, un honor que a veces se disputa con *Orgullo y prejuicio*.

Emma es una joven burguesa acomodada y vanidosa que vive sola con su padre enfermo, Mr. Woodhouse. Como ama de casa, tiene unas responsabilidades que se toma demasiado en serio. En efecto, comienza a inmiscuirse sin cuidado ninguno en la vida privada de su entorno, convencida de que sus manipulaciones llevarán a sus seres cercanos a una existencia feliz. Destaca su intento por casar a una de sus amigas, la desgraciada Harriet, con un pastor, juzgando que el hombre del que está enamorada no es digno de ella. Pero su orgullo la lleva al desastre y encadena un error de juicio tras otro. Por otra parte, ella misma sucumbe a los encantos de un seductor y se lleva una gran decepción amorosa. Acaba casándose con el hombre que deseaba Harriet, mientras que esta última también acaba en un buen matrimonio.

| Ilustración de Chris Hammond de 1898 para la edición inglesa de *Emma* de la editorial londinense George Allen que representa a Emma guiando al amor.

Esta novela es la de la madurez para Jane Austen, y representa el culmen de su arte desde todos los puntos de vista. En primer lugar, está muy bien construida. La trama es compleja y está bien atada, evocando ciertos aspectos de la novela policíaca: hay pruebas diseminadas por toda la obra, el nudo es sorprendente y el suspense constante. Pero la madurez de Jane Austen también se expresa en el fondo de la obra. Proponiendo de nuevo una novela de costumbres, su arte para describir el día a día se lleva aquí a su paroxismo. La pequeña nobleza provincial de la época, sus preocupaciones y sus placeres se describen con incluso más minucia, humor y autenticidad que en sus obras precedentes. Sin embargo, Walter Scott ve en esta obra el nacimiento de un nuevo género que tiende más al realismo y no considera ningún tema demasiado modesto o banal. En otros términos, *Emma* no es ni más ni menos que la prefiguración de la novela realista tal y como se desarrollará en el siglo XIX.

El análisis agudo de los sentimientos también es remarcable. El retrato de Emma es muy preciso: su orgullo y su vanidad compiten con su gran corazón y tienen que ver con su ceguera, a la que los lectores asisten, impotentes y también ciegos. De hecho, el empleo mayoritario del discurso indirecto libre nos pone prácticamente en el lugar de la heroína: descubrimos y sentimos las cosas al mismo tiempo que ella, y esto es lo que constituye una de las principales fortalezas del libro. Pero en realidad, el que Austen quiera mostrarnos tanto el mundo desde el punto de vista de Emma se debe a que desea que nosotros mismos aprendamos lecciones de sus errores. Al igual que la joven, también somos susceptibles de malinterpretar las cosas, de juzgar prematuramente o de demostrar orgullo, a riesgo de no ser felices. Así, esta novela busca llevar a los lectores a una verdadera toma de conciencia.

JANE AUSTEN, UNA FUENTE DE INSPIRACIÓN

En el siglo XIX, las obras de Jane Austen se vuelven discretas. Aunque son bien acogidas por una cierta élite literaria y por escritores de renombre como Walter Scott, George Eliot (1819-1880) o Henry James (1843-1916), y apreciadas por importantes figuras de la época, sus novelas no se corresponden a las expectativas y a la moda de la época, que se orienta más hacia la corriente romántica. Las hermanas Brontë, Charlotte (1816-1855), Emily (1818-1848) y Anne (1820-1849), sobre todo, reciben sus obras con frialdad, reprochándole su falta de pasión y su tono moderado.

Sin embargo, la publicación de los *Recuerdos de Jane Austen* por su sobrino a finales de siglo le abre a la autora las puertas del gran público y provoca que sus obras vuelvan a suscitar interés. Así, en el siglo XX, los estudios sobre el tema se multiplican, situando a Jane Austen en el rango de los escritores imprescindibles de la historia de la literatura anglosajona. Entonces, se impone su originalidad —al principio más en el mundo anglófono que en el francófono— hasta convertirse en uno de los autores ingleses más leídos y traducidos del mundo. El entusiasmo es tal que incluso se llega a crear un sustantivo para designar a los fervientes admiradores de Jane Austen y de su obra, los «janeites».

Por otra parte, la iniciadora de la novela doméstica y cuya obra prefigura de alguna forma la novela realista del siglo XIX ha inspirado a otros autores también ilustres como Thomas Love Peacock (1785-1866), Charles Dickens (1812-1870), Rudyard Kipling (1865-1936) o Virginia Woolf (1882-1941). Sus obras también han sido objeto de numerosas adaptaciones literarias —*El diario de Bridget Jones* (1966) de Helen Fielding (nacida en 1958)—, continuaciones u homenajes —*La muerte llega a Pemberley* (2011) de Phyllis Dorothy James (1920-2014). Pero lejos de limitarse al ámbito de la literatura, el fenómeno de adaptación también afecta a la pequeña y gran pantalla. Podemos destacar el célebre telefilme *Orgullo y prejuicio*

(1995) de Simon Langton (nacido en 1941) o *Mansfield Park* (1983) de David Giles (1926-2010). Además, todas las novelas de Jane Austen han sido adaptadas al cine al menos una vez, siendo las más célebres *Orgullo y prejuicio* (2005) de Joe Wright (nacido en 1972), *Emma* (1997) de Douglas McGrath (nacido en 1958) y *Sentido y sensibilidad* (1995) de Ang Lee (nacido en 1954). Finalmente, la vida misma de Jane Austen ha inspirado numerosas creaciones literarias y cinematográficas, entre las que cabe destacar el largometraje *La joven Jane Austen* (2007), una biografía novelada de Julian Jarrold (nacido en 1960).

Así, en lo que pronto serán dos siglos, Jane Austen pasa de ser una escritora discreta y modesta a convertirse en una figura emblemática de la literatura, erigida en diosa de un verdadero culto que los janeitas no están listos para dejar atrás.

EN RESUMEN

- Mujer modesta y discreta, Jane Austen nunca busca el reconocimiento que logra de manera póstuma. De hecho, la mayor parte de su obra fue publicada en el anonimato. Hija mayor y huérfana de padre, vive rodeada por sus parientes cercanos y lleva una existencia apacible y tranquila.

- Su conocimiento del mundo exterior es limitado, por lo que encuentra temas de predilección en el entorno de la *gentry* rural en el que crece, pero también en la observación y el análisis de los sentimientos y de las relaciones humanas, de las que se convierte en maestra.

- Para lograrlo se vale de una escritura realista y auténtica que a menudo es alabada, y escribe con un estilo sobrio, elegante y equilibrado (especialmente sus obras de madurez). Le gusta especialmente el discurso indirecto libre, que emplea para confundir las palabras de sus narradores con las de sus heroínas, y así acercar al lector a estas últimas.

- El objetivo principal de la mayor parte de sus

novelas es educar: colocándose del lado de la razón, opuesto al de los sentimientos, intenta demostrarle a su público que el exceso de pasión no lleva más a la felicidad que el culto al buen sentido.

- Sin embargo, esto no le impide emplear un tono irónico, satírico y mordaz: sus obras, más allá de la instrucción, también buscan el entretenimiento.
- El que la crítica ignore un poco a Jane Austen durante los tres primeros cuartos del siglo XIX se debe a que era una adelantada a su tiempo: anticipadora de la novela doméstica y del relato realista, también pone en cuestión la condición femenina precaria de su época. Su originalidad, sin embargo, se impone a partir del siglo XX, llevándola a las más altas esferas de la literatura anglosajona, y convirtiéndola en uno de los autores ingleses más leídos, traducidos y adaptados del mundo entero.

¡Tu opinión nos interesa!
¡Deja un comentario en la página web de tu librería en línea,
y comparte tus favoritos en las redes sociales!

PARA IR MÁS ALLÁ

FUENTES BIBLIOGRÁFICAS

- Albert, Edward. 1979. *History of English Literature.* Londres: Harrap.

- Austen, Jane. 1996. *Emma.* París: 10/18.

- Austen, Jane. 2000. *L'Abbaye de Northanger.* París: 10/18.

- Austen, Jane. 1996. *Orgueil et Préjugés.* París: 10/18.

- Austen, Jane. 2012. *Persuasion.* París: 10/18.

- Austen, Jane. 2012. *Raison et Sentiments.* París: 10/18.

- Beer, Gillian. 1981. "Les Victoriennes". *Magazine littéraire*, n.° 177, 13-17. .

- Browning, D. C., dir. 1969. *Dictionary of Literary Biography. English and American.* Londres/Nueva York: J. M. Dent & Sons/E. P. Dutton & Co.

- Cecil, David. 2009. *Un portrait de Jane Austen.* París: Payot.

- Clarac, Pierre, dir. 1961. *Dictionnaire universel des lettres.* París: Société d'édition de dictionnaires et encyclopédies.

- Colectivo, 2003. "Austen", "Gothique" y "Roman".

Encyclopédie de la littérature. París: Librairie générale française.

- Coustillas, Pierre, Jean-Pierre Petit y Jean Raimond. 1978. *Le Roman anglais au XIXe siècle*. París: PUF.

- Drabble, Margaret y Jenny Stringer, dir. 2007. *The Concise Oxford Companion to English Literature*. Oxford: Oxford University Press.

- Eagle, David. 1970. *The Concise Oxford Dictionary of English Literature*. Oxford: Oxford University Press.

- Ford, Boris, dir. 1982. "From Blake to Byron". *The New Pelican Guide to English Literature*, tomo 5. Harmonsworth: Penguin Books.

- Gillie, Christopher. 1974. *A Preface to Jane Austen*. Londres: Longman.

- Hardy, Barbara. 1975. *A Reading of Jane Austen*. Londres: Peter Owen.

- Harvay, Sir Paul, dir. 1967. *The Oxford Companion to English Literature*. Oxford: Clarendon Press.

- Jack, Ian. 1963. *English Literature. 1815-1832*. Oxford: Clarendon Press.

- Laffont, Robert y Valentino Bompiani, dir. 1994. "Austen". *Le Nouveau Dictionnaire des auteurs de tous les temps et de tous les pays*, vol. 1. París: Laffont.

- Laffont, Robert y Valentino Bompiani, dir. 1994. "Catherine Morland". *Le Nouveau Dictionnaire des œuvres de tous les temps et de tous les pays*, vol. 1.

París: Laffont.

- Laffont, Robert y Valentino Bompiani, dir. 1994. "Emma". *Le Nouveau Dictionnaire des œuvres de tous les temps et de tous les pays*, vol. 2. París: Laffont.

- Laffont, Robert y Valentino Bompiani, dir. 1994. "Mansfield Park" y "Orgueil et Préjugés". *Le Nouveau Dictionnaire des œuvres de tous les temps et de tous les pays*, vol. 4. París: Laffont.

- Laffont, Robert y Valentino Bompiani, dir. 1994. "Persuasion". *Le Nouveau Dictionnaire des œuvres de tous les temps et de tous les pays*, vol. 5. París: Laffont.

- Le Faye, Deirdre. 2003. *Jane Austen: the World of Her Novels*. Londres: Frances Lincoln.

- Minois, Georges. 1998. *L'Angleterre géorgienne*. París: PUF.

- Pinion, F. B. 1973. *A Jane Austen Companion*. London/Basingstoke: MacMillan Press.

- Pirie, David, dir. 1994. *The Romantic Period*. Londres: Pinguin Books.

- Richardson, Albert Edward. 2008. *Georgian England*. Lindley: Jeremy Mills Publishing.

- Stokes, Myra. 1991. *The Language of Jane Austen*. Houndmills/London: MacMillan.

- Teyssandier, Hubert. 1977. *Les Formes de la création romanesque à l'époque de Walter Scott et de Jane*

Austen (1814-1820). París: Didier.

- Todd, Janet M. 2005. *Jane Austen in Context*. Cambridge: Cambridge University Press.

- Van Tieghem, Philippe, dir. 1968. "Austen" y "Orgueil et Préjugés". *Dictionnaire des littératures*, tomo 1. París: PUF.

- Wright, Andrew H. 1972. *Jane Austen's Novels. A Study in Structure*. Harmondsworth: Penguin Books.

FUENTES COMPLEMENTARIAS

- Centre Jane Austen. Consultado el 18 de agosto de 2017. http://www.janeausten.co.uk/
- Jane Austen's Home Museum. Consultado el 18 de agosto de 2017. http://www.jane-austens-house-museum.org.uk/
- Société Jane Austen. Consultado el 18 de agosto de 2017. http://www.janeaustensoci.freeuk.com/

FUENTES ICONOGRÁFICAS

- Retrato de Jane Austen que aparece en la obra *Recuerdos de Jane Austen* (1870) de James Edward Austen-Leigh. La imagen reproducida está libre de derechos.

- Supuesto retrato de Jane Austen en 1789, de Ozias Humphry. La imagen reproducida está libre de derechos.
- Ilustración de Chris Hammond de 1899 para la edición inglesa de *Sentido y sensibilidad* de la editorial londinense George Allen que representa a Marianne presa de una profunda aflicción. La imagen reproducida está libre de derechos.
- Ilustración de Chris Hammond de 1898 para la edición inglesa de *Emma* de la editorial londinense George Allen que representa a Emma guiando al amor. La imagen reproducida está libre de derechos.

DOCUMENTAL

- La verdadera Jane Austen. Dirigido por Nicky Pattison. Inglaterra: BBC, 2002.

www.en50Minutos.es

ISBN ebook: 9782806298096

ISBN papel: 9782806298102

Depósito legal: D/2017/12603/307

Libro realizado por Primento, el socio digital de los editores